删繁就简

曲有源诗歌选

曲有源 ◎ 著

长 春 出 版 社

全国百佳图书出版单位

图书在版编目（CIP）数据

删繁就简：曲有源诗歌选 / 曲有源著. -- 长春：
长春出版社，2025.1. -- ISBN 978-7-5445-7578-2

Ⅰ.I227

中国国家版本馆CIP数据核字第2024NN5967号

删繁就简——曲有源诗歌选

著　　者　曲有源
责任编辑　谢冰玉
封面设计　宁荣刚

出版发行　长春出版社
总 编 室　0431-88563443
市场营销　0431-88561180
网络营销　0431-88587345
地　　址　吉林省长春市南关区长春大街309号
邮　　编　130041
网　　址　www.cccbs.net

制　　版　长春出版社美术设计制作中心
印　　刷　长春天行健印刷有限公司

开　　本　880mm×1230mm　1/32
字　　数　110千字
印　　张　11
版　　次　2025年1月第1版
印　　次　2025年1月第1次印刷
定　　价　59.80元

"诗的纪念碑已（以）显现碑文"作者病榻临终手书

目　录

第四辑　删繁就简

后　记

第一辑
选自《曲有源白话诗选》

李白和我有天壤之别

李白想家的时候
是站在地上
想天府
在他的故乡
头不用怎么高抬
就和月亮平行
床在月光里泊着
他的梦也就是乘着这叶轻舟
出三峡的

而我的家乡
常有雪
比霜白比霜厚的雪
是不能当作床前的月光
去想的

让我想家
就该把我放逐到空中去
让我站在天堂
想地上

倘若如此

我看到乌云就会想起家乡的黑土

我就会把所有的云

都拧出雨来

让大地长出血红的高粱

如果再掺上几滴

思乡的泪

从炸裂的豆荚里

就会滚动出

我的诗句

飞过蜀道

这眼底的峰峦
想必是
古人的胸中块垒
堆积而成
不然那李白的一声叹息
挤过
比气管还细的蜀道
不会那么艰苦

看来也确实
难于上青天
我在山之上雾之上云之上
一掠而过
把那个当关的一夫
闲在剑门

初试悬崖

一入剑门关
我就被蜀兵围困得
提不起笔来
只好紧贴着铁梯的竖格
把自己
写上绝壁

攀到天的中间
就迷途而返了
脚踏实地的时候
又恍然悟起
我们的天堂
还是
在不能用手走的地方

剑门关悬崖

工匠不能不是神
也确实得使用
那把鬼斧
才能在这样大跨度的时空里
施工

可究竟是谁人
能有这么大耐心
把石头磨成滚圆或椭圆之后
又用岩浆和沙砾勾缝
垒成这
招风排日的
悬崖

纵然这是在剑门关的阁上
我的脚底
也是虚的
想必是我胸中的浩叹
已被古人提前用尽
致使我这敞口的皮囊
里外
都是雄风

峨眉是怎么秀到天下去的

风一定裁过
水也一定剪过
甚至在人们
还没有发现它的时候
它就被世纪或年代
修改过了
当你沿着竖排的石级
读上顶端
你会发现周围的山峰
被云删去了一些
又被雾涂去了一些
留下来的
这一部分
在被称作秀之前
还得细雨来润色一次
你道天下文章是那么容易做的吗
待它秀得
恰到好处时
那金顶佛光的主题
才在日出的点染下
引起轰动

成都明清茶楼速写

——听琵琶曲《阳春白雪》之后

冬天的冰

尚且很难留存下来

这阳春里的白雪

焉能不潺潺成

二胡

那两弦之间的柔波

而这月儿

还是二泉里曾经映过的

那轮月儿

此刻又化作

竹编罩里的

灯影

夜毕竟很深了

穿印花蓝旗袍的仿古小姐

也许因为手

太瘦太小

掩不住百年前就来了的

一个

明末清初的哈欠

列车上马致远

没有小桥流水
也没有
枯藤老树昏鸦
那古道早已
成为铁道了
比瘦马还要瘦的
一列客车
不管风从哪儿来
夕阳是否西下
它一直坚持
要把断肠人
从天涯
再送往天涯

春 浅

一生情重嫌春浅
——(南宋)杨万里

看来

春到南宋时

就很浅了

倘若用细雨

拎着落花

来探测

也不过是

从枝头到地面的距离

及至今年三月

我来扬州

在那二十四桥边的草地上

发现一片

早夭的叶子

我就未敢掀动

怕揭开时

下面就是

很深很深的秋了

登华山

华山　你
从漠宇洪荒里
迎面走来
向人们昭示
世界上的路纵有千条万条
对于你
只有一条是有用的①
这使我来到山前
不能不往上
继续走去

当我的双脚
在南天门前
还没站稳
太阳便扳着我的左肩
赶了上来
这过于明亮的举动
使我更加
感到心慌

---

①有自古华山一条路之说。

让石头永远是石头

连流放都想不到的地方
一个原始的太阳
用粗笨的方式
拉斜了
三座古塔
所有的影子都溶化在
自己的脚下
让人渴望有树有水
这是一个热得
没有声音的中午
让人想起诸葛亮
想起毒瘴瘟疫
想起那次战争和
这次战争
想起比征讨
还古老的
但又年轻的母亲

母亲啊
战争是母亲养育的吗

而她
怎么也不想
要用自己的儿子
给一块普通的石头
命名

杀声
从历史的远方
传来的杀声
不要惊动这里的大理石
不要唤醒吧
让石头永远是石头
不要象征

追忆：当年参观大理石厂，匠人正刻墓碑，身旁摆
放年轻烈士的花名册，惨不忍睹。

钻山路

路

大概是因为由蛇领着的

才挤过巨石

与峭岩之间

被鸟带着

才穿过峡谷

又被云引着

才缠上山腰

当它深入谷底之后

这左右摇摆的路

幸亏是被雾遮着

不然会被俯冲而下的鹰

一下子抓走

也幸亏是被古藤扯着

不然也会滑下

陡立的崖壁

一条钻山的路　最终

还是因为没有离开水的导向

才在群山的包抄中

突围出来

废弃的水磨

用最后的生机
绽出
老年斑似的绿苔
以此伪饰　说明
自己还算年轻
这有什么意义　如果
曾用温柔的缠绕
使你兴奋起来的水流
一去不返
而你渴望的上游
早已从源头
改道而去

鸟的寻觅

啼化了千山雪的
那一声声鸟语
最后自己
因为一时不慎
把鸣啭着的声音
也滴落在
深深的岩缝里
而枝条上跳来跳去
又盘旋不已的
那个红下颏灰羽毛的小精灵
想必就是
为了找回那些圆润
才缩成锥形的

山 民

灯　眨了几下
却睁不开大山
沉重的眼皮

梦本来就不多了
竟有一缕
夹在岩缝里

早晨
醒来一块
会走路的石头

棒槌山

落日壮烈得
犹如谭嗣同甘愿甩掉的头颅
滚下
长城的垛口

訇然而起的棒槌山
以浑厚的臂力
击向天鼓

其回声
一个反复
就撞残了
苍茫的峰峦

又来到海边

我被安排在车上
车被安排在路上
路被安排在海边
海是被谁
安排在这里

涨上来的
也不是情
落下去的
也不是绪
海不这样折叠自己
能干什么呢

我没有这些水
让自己翻弄
只有一些怎么看也不像的
记忆

天是不留云的
山也不曾留过风

留在沙滩上的脚印
也没有人
回来找过

那些不像记忆的记忆
还是
自己还给自己
带回去

水　在海里

水　在海里
是什么地方
也不需要再去的样子
有时起伏　有时摇荡
有时翻卷　有时回旋　但我
把这种种状态都叫作安稳
冲口而出是被称作泉的时候
如果曲折蜿蜒　开始是溪
以后叫江也行叫河也行
集合以后　整装待发
那就是湖了　而我
把这一切复杂的经历
都归入一个档案
它叫海　它是水的归宿
在它面前还谈什么渴望
激情曾经有过
消失在雷电之后
目的也曾经有过
消融在两岸之间
如今是海里的水
是什么地方
也不需要再去的样子

想象萧红

按说
只有江浙一带
才是出产才女
最正宗的地方

想必携你来投胎的
不是那个神差
就是那个鬼使
又定是在喝醉了酒之后
迷迷糊糊趔趔趄趄晃到了关外
随便把你一丢
了事

这便使你
生下来的第一声啼哭
有了依据
也致使你幽怨的灵魂
始终
在南方游荡

萧红故乡公园的仙人掌

你所以长成了亚洲之最以后
还在长
是不是想看到
那另一个世界呢

仙人花
是不能招回香魂的
仙人果也不能为缺爱的男女
充饥

既然仙人早已知晓
命运是打不倒的
又何苦一掌又一掌
以带刺之手
连续拍走了
百年的岁月

北方无竹

北方不该无竹
无竹
月亮挂在哪儿
都不合适
无竹
风的来访也变得简短
有点儿敷衍了事
无竹
那把藤椅
就显得尴尬
紫砂壶时时刻刻
都在愁闷　无竹
月下举杯相邀
杯口都不知说些什么
真不知竹子
因何如此伤感
由实心变成空心
宁肯让板桥先生植于
无土的宣纸上
也不来北方

让北方无梅就够狠的了
不该再无竹
无竹
只能让北方的雅士
守着竹做的笔筒
（那是她的艳骨啊）
了此一生

岁月采我

菊的皱纹悄悄开在脸上
也难怪
这季节
早已是人生的秋了

岁月采我时是不需要东篱的
而那神态
我相信
肯定要比有山可望
还悠然

我一直放心不下的
是那些
因早朽
而先亡的诗
也该有冢

那就把我
这朵被摘的老菊花
放在它的墓前
祭奠
夭折的灵感

有荷独处

似乎曾有一片云
抚摸之后
便不知去向
雨落在荷叶上
巡视一周　发现
虹就在不远处
有水雾的地方
柳丝不乱并不是因为梳过
而藕
可确确实实
是在淤泥里泡白的
要说起出头露面的那一部分
也常常被忽略
有一点儿闲风
去撩拨一下
就羞胀得绯红

问　萤

我不该放过
以灯火的眼神诱我踏入苇塘里的
那只萤

不然
我就会问一问
从囊萤苦读的书生那里
没把自己烧尽而幸存下来的
可是你

当你在水底
和天外飞来的流星相遇
都说些什么

漠漠水田

水田一直向远处伸延
伸延到连星星也栽不到的地方
为的就是
把天空容纳

云
无论如何也飘不出去了
风累乏了的地方
也够黎明
走一阵子的

一只白鹭临水而立
顾影自怜着

推测喉结

"执手相看泪眼"时
"无语凝噎"的
想必是
那个男子

那些说不出去
又咽不下去的话
后来就噎成一个喉结
成为
区别于女性的特征

它所以没有
继续增大的原因
想必是因为
书信越来越便捷
之后又有电话传呼机大哥大之类
使隐秘传递得
更隐秘之故吧

似乎也没有必要
再注意它
它毕竟是
等待退化的爱情

滑雪者的书写

在爬犁前面删去马
或者在雪橇前面
省略那些犬
你让两只翅膀在腋下展开
手杖在空中虚晃一下
在起点戳下一个冒号
算是通知蓝天
我出发了
此行的目的是深入雪中
那里一片空白

你才是或者堪称是一支笔
伸向雪地
就在
略微思索
或者是屏息之后
接着就是狂草

你本身就是一个象形字
或者字的象形

无非就是
纵横　腾飞　穿插　俯冲
一些很痛快的词汇
至于尽兴任意所能引起的快感
只有
在回忆时才能诉诸他人
现在哪得功夫
这是人们渴望已久的飞呵

谁不承认
是在你的动作之下
静止的雪
才出现波涛　旋涡　激浪
你把没水的地方
搅成海
能陪伴你的
只有风
风通过你才知道自己
最开心的时候
是一种
什么状态

当你红色的斗篷

一闪而过
犹如灵感
让人恍然大悟
摆脱了春夏秋的羁绊
这白雪覆盖的山野
就是为了让你
一花独放

滑雪者呵
你在大地上著述的
才堪称是
海外孤本
是除了海上舢板以外的
孤本

苍天有眼

苍天有眼
只是不把琐碎的恩怨看在眼里罢了

苍天有眼
而且很大很深
苍天之眼以日月为瞳

不是说过眼云烟吗
只有苍天之眼才有那么大的过往

那地平线可因惊天动地而睁开过吗
那江河的泪腺汇聚成海可曾流出过吗

人漫长的一生
也不够苍天之眼
瞥一次的

狐 媚

想起来　总是
因为她还有些什么
没有忘记
才以疾风之细足
掠过深草
以冷火走过夜
以细腰运笔
用尖腮画了几道符之后
便用指梢向空气里
虚点一下
眩晕中你是分不清的
从左侧嘴角到右侧眉尖
其间流转的
是几种笑
细看雪地上
她用长尾反复修改的足迹
还是写给途经赴试的
那个
古代书生

姑息养甲

由于清贫
奸是养不活的
于是便姑息体内多余的时间
长成指甲

指甲越养越长的时候
看着它
不禁嗤然而笑
挠头的事
都被他人争着夺着
抢去了
你除了藏污纳垢之外
还有什么用呢

何况正当黑发白发营垒不分
即便你
深入头顶
用尽抓搔的功夫
又焉能
左右胜负

尽我所能
还是派你一个
别的用场吧
而你
又不能完全胜任
想掏尽耳朵里的废话
你又探不到底
想对付背上的奇痒
你又够不到位

最终你还是难免
被——剪掉
唉
这都是一些无眠的夜晚
被我翻来覆去
弄脏了的
残月

水中捞月

不妨扯着井绳让缠紧的年轮噗噜噜倒转下来
人生所能重复的
无非是那个
捞月的动作

可天上的月亮
谁又能确认
那不是
另一个井口

元宵节

为了正月十五晚上能有雪
天　就起了一个大早
准备了足够的乌云
按规矩
这一天的灯
是要用雪来打的
雪打灯制造出来的气氛
和蝴蝶在花丛中飞舞
相类似

元宵是滚动的沸水镟圆的
不用围着锅
去观察
你　也能认可
那热气腾腾的元宵
却不是吃的
而是闹的
我说是从这个孩子的酒窝
滚到那个孩子的酒窝
你不必像看乒乓球似的

那么认真
只要听听笑声
也就够了

要说起闹来
姑娘们往往抿着嘴儿
不说什么
她是把元宵
当圆的绣球
去想象

这一天的焰火
是这一年秋天的
丰收景象
你要想看得广阔而又真切
就得把高跷踩得
越高越好
不能踩高跷的人
就跟着他们跑
围着他们转
只要注意那些扭秧歌人的脸
也能把
这一年的收成
看个究竟

城市字典

城市是一部字典
在这里
男和女拼音而成为
密密麻麻的家
却不能组合成
一篇像样的文章

这原因可以追查到
我的头上
我独居在稿纸的空格子里
甚至不想
和谁成为一个
完整的句子

天　象

等待破译的
是宇宙中
满天星孔的盲文

而没有发出的
是落日从眼底摘除时的
一声惨叫

拔罐子

以大口的吮吸
强行
把血流集中
比当今中外所有的接吻
都更长久有力
但这令人发紫的爱
并不能解除
内心的伤痛

对 虾

那种红色
就是从心里被煮出来的
爱

死到盘子里
才成对 于是

各自弯向对方
成为一个
没内容的括号

灯 笼

你的寂寞是空而且冷的
但不很沉重
只需火柴撩拨一下
一年的幽怨
便消散了

何须烽火戏诸侯呢
要赢得你的
红颜一笑

风中的一只空塑料袋

想必是一个无体可附的冤魂
顶着一只白色的塑料袋
在阴冷的旋风里
时起时落

不能显形倒也罢了
可她
最终也没找到一张嘴
用来哭诉

石 头

纵然
无耳无眉无眼无鼻无口
亦无言
却仍被称之为
头
其所以秃
想必早就蕴含天下所有雕塑家的才思
倘有不堪之时
便以青苔
为发

墨水瓶

心是装墨水用的
通过瞳孔
汲进所有的黑暗

为了光明的漫延
我守口如瓶

往事的死灰

幸亏有一口可以反复利用的空气
当双手把往事
捧起来
看冷
是怎么
杀死灰的

那多姿的形态
已随风飘逝了
灰
即使能够飞起
烟灭之后
又到哪里去寻找
火的灵魂

鞋的墓志铭

比衣冠更应该冢一次的
是鞋

想来我真不该遗弃
那些没长过我脚的鞋
那些没活过我脚的鞋
纵然它舔过的道路
还不平坦

它可是曾经走过
别的鞋没有走过的地方啊
最终它也只是张着嘴
冲着我
想说点什么
而终于什么也没有说

既然无法找回它们
也就无法解除我
内心的愧疚
那就把这首诗
刻在零公里的路标上
权当鞋的第一篇
墓志铭

我也许被某人想起

那不过是一滴墨水
在笔尖等着
不知在什么时候
书写什么

有时止步于一次无声的叹息
而接着是又一次
不能预测的等待　等待
被某人想起

菊　手

那手
是专为了梳理清风
和捧起月光
才在八月以后
以菊之姿
舒展开的
自有弯月浸入水底以后的
凉意

只为等待温暖的一握
错过了花期

一炷丁香

这该是古代仕女许的愿吧
那一炷丁香
正焚于月下

她怎知那月亮也是女人的坯子
所能做到的
无非是花事未来之时
每月陪你
瘦一次

和风一起流浪

那一夜有风
那一夜为什么有风
为什么有风从风起处
一直跟来
城市挡住了
去路

什么能挡住风呢
风分散开来
经过街道
以及所有的缝隙
风又集合起来
穿过门洞　广场
在走过那座高架桥时
还险些被风劫去
那是什么风啊

那一夜　风
从凸凸凹凹凌乱不堪的楼顶上
迈过去

灰尘也离开地面
参与回旋
随风起来的还有头发
那一团乱丝
要离人而去
可为什么
又不能离去

该怎样对待呢
这风的怂恿
鼓吹
以及推动
还是和风一起流浪吧
除风之外
还有什么途径

不该把你留在梦里
——拟通俗歌词

错　并不是错在
我们在梦里相聚
错就错在我在梦中
又和你约会
约会后我不该突然醒来
把你一个人
留在梦里

谁能让我
再回到那个梦里
实践我许下的诺言
谁能把你
从梦里引导出来
结束你
在那个梦里的等待

最好是一无所有

眼前的这些东西
看了一遍的时候
不觉得在看
看了第二遍的时候
还想再看一遍
待到看了第三遍的时候
却不能再看了
虽然难过
是以后的事

世界上最难摆放的
就是自己了
放在一些记忆的后边
你要努力争取
放在一些记忆的前边
你又频频回首
待到把你放在记忆的中间呢
你又害怕
面对记忆

有过一首歌
因为一无所有而嘶喊
其实
最好是一无所有
包括你自己
这个躯体

老 友

无非也就是那个有时
用想一想
来代替访一访
彼此都还活着不会引起什么震动
如今只不过是想一想
想一想也就罢了

想也不是那种完整地想
想也不是那样费力地想
能想起什么就算什么
不必麻烦自己
一定要想出一个
什么结果来

以往的兴致都被瓶口说尽
剩下的酒盅
那不过像是盲人的眼眶
空空的
斟满时光

遗 忘

这样一个麻袋
究竟有多大

倘若白发能有三千丈的话
那么
要多长有多长的愁绪
还扎不上它的嘴吗

我睁开睡眼
却怎么也掏不出
哪怕一星半点的
记忆

惊诧之余
我把它倒过来看
原来遗忘
它是没底的

腌

可能是因为
以往曾经参与过的情节
在需要注入感情时
就未曾淡过

所以今天
用舌尖舔一舔嘴角
或手臂
这被泪或汗沤过的地方
才发觉自己
是被往事腌咸的
一个我

对付岁月

岁月逼我的手段
是在背后
把退路一扇门一扇门地
关紧

逃脱是不可能的

唯一的办法
是在诗的遮掩下
通过隐秘的伤口
把自己一行一行地
掏空

挑灯细看

昨日在路边拣来一句话
莫等闲
白了少年头
归来挑灯细看
原来是四十五年前
我在上小学的路上
随意丢的
空悲切三个字
因为当时还不明白
便留在口袋里
今日翻出来
本想合在一起重新品味
不料那悲切二字
在情急时已经用了
只剩一个空字

往事不能遥控

那片杂树间的草地
也许只有我
还想着
倘若那几枚扣进土里的
啤酒瓶盖
还嵌在那里
它会不会像编好程序的按钮
指点一下
眼前就会出现
当时的情景
可叹往事
是不能遥控的

想来那些记忆
不去寻觅也罢
如果岁月
没有它的滋养

也许不能活到今天
今天又怎么能知道
那株当年不能依靠的小树
直到现在
也不想移步
它知道我每年
都要去
抚摸它一阵

第二辑

选自《绝句体白话诗选》

剖腹者

谁知那武士道
能通向哪里
上天堂也
真不如
回到
自
己
老家
而行程
那最短的
当然还应该
是那一把军刀
灵魂在此刻
可顾不了
寄存的
肢体
伤
口
就是
零公里
日本人从
本日回归日本

所谓"○"公里

与其说那是路
给老路画的
一个句号
还不如
说它
那
是
路给
新的路
设置下的
一个圈套啊
起点它又何尝
不是终点呢
世界上的
所谓的
那个
"○"
公
里呀
都在和
墓穴连锁
构造脚的陷阱

跛足的拜伦

把平坦道路
走成坎坷
每一步
都让
天
空
倾斜
让世界
不会稳定
这是造物主
为天下的
诗人们
设计
出
的
一个
标准的造型

流浪的星光

据说宇宙里
总有那些
没娘的
星光
发
出
它的
天体啊
早已消失
而它在流浪
一个光年
又一个
光年
可
叹
我的
眼底呀
很浅很浅
不能收养它

双子座流星雨

怪不得夜空
如此拥挤
不料想
超生
还
有
宇宙
天体呢
请看那对
孪生的星子
抛来掷去
如果再
托着
月
亮
承接
那才是
所谓大珠
小珠落玉盘

街头的冰雕

怪都怪贾宝玉
让水知道了
女人都是
水做的
这就
难
免
水会
以冰雕
那样形态
突显争宠于
闹市街头广场
所遗憾的是
晚了一步
其中那
可能
成
为
情人的
却被居高
临下的太阳
爱得面目全非

球的宇宙观

还是球把空抱定了
它才是颠扑不破
甭说是大海
以四海的
浩瀚哪
也不
能
说
服它
最后也
只能把它
推到岸边上
成为沧海桑田
都不认可的符号
却是虚无世界的核

橡　皮

卖身不由自主
洁身又岂能
实现自好
生来用
生命
修
改
错误
所有的
成绩面前
都不会有你
倘若不被磨损
自己还能够
用自己的
身体啊
来为
自
己
在这
世界上
树一块无字碑

方 竹

是哪一个朝代
立下的规矩
让未出土
就先有
节的
竹
子
在它
有圆后
又有方的
莫非它在那
雨后春笋之时
从钱眼钻过
真是天下
它无奇
不有
难
怪
板桥
写下了
难得糊涂
作为他的慨叹

后记：俗谚有云"没有规矩不成方圆"。

龙眼树

谁都没想到
这里能是
画龙的
点睛
之
处
倘若
中华的
呈祥结构
不想有改变
那么以后
能招引
凤凰
还
会
有这样
一个不是
梧桐的树种

后记：世有"不是梧桐树难引凤凰来"之说。

衣 架

并不是相思
才瘦成了
这样的
一副
骨
架
虽然
每一个
夜晚都在
挑着一件件
空的外衣
但这种
牵挂
无
血
无肉
难怪谁
在那梦里
都不会有你

口 琴

谁也说不清
它的琴体
该是个
什么
模
样
只留
一个口
贴近双唇
还有比接吻
更亲密的
动作吗
难怪
演
奏
之时
像拥抱
那样的热烈

手风琴

有什么乐器
像手风琴
能和你
成为
一
体
犹如
在胸前
呼吸的肺
让体内体外
包括周围
流动的
空气
都
在
一个
共同的旋律里

寄居蟹

一生也没有
受到家的
牵累啊
一条
路
怎
么走
都无妨
反正横顺
都寄人篱下
寄居遭到
谢绝的
只有
一
次
那是它
遇上了蜗牛

刀　鱼

断水水更流后
想必那把刀
便化为鱼
所有的
剑客
动
作
都在
水里面
施展出来
无痕也不是
没有什么内伤
君不见大海
疼痛之时
那怒潮
汹涌
波
滚
浪翻
但也无可奈何

跷跷板

并不以我
为中心
各自
走
向
极端
不是在
降低自己
去抬高
别人
就
是
降低
别人啊
抬高自己

鹅

没有鹤的仙姿
却是书圣的
一个宠物
唯一敢
有我
的
鸟
以其
高古的
那种鹅步
步入了历史
因为颈比腕子
还显得灵活
即便一路
摇摆着
歪歪
扭
扭
蹼印
甚至也
能成为那
临摹时的帖子

门　料

木门用的是木料
铁门不都是铁
那么衙门呢
豪门寒门
冷门呢
空门
以
及
调门
邪门呢
左道旁门
被扫地出门
谁对谁大开那
方便之门的门呢

芝　麻

莫非你也是
天女散下
让大地
春过
一
次
之后
又不肯
坠落风尘
洁身自好地
沿着芝麻
开成的
梯子
一
节
一节
又往高处攀

木雕像

不仅是人原来
树也有脸呐
而且脸外
还有皮
如此
遮
掩
想必
也知道
人间还有
那羞耻二字
当容颜它一旦
被披露出来
便让百年
树人的
构想
有
了
一次
很突出的体现

后记：俗谚有云"人有脸，树有皮；十年树木，
百年树人"。

荷　箭

这是谁搭弓
射出去的
那一支
如果
蜻
蜓
没有
抱住它
或许我们
能够看到它
裹着春色
一心想
要射
中
的
目标
是一个什么

水 车

有这架滚梯
水也像人
可以往
高处
去
走
但它
得道的
真正目的
不是要升天
而是禾苗
需要那
及时
雨
时
它便
来替天行道

后记：俗谚有云"人往高处走，水往低处流"。

刀　鞘

皮被利刃剥离
又制成刀鞘
这是世界
最不堪
忍受
之
辱
宁可
被抓在
原告手里
成为那被告
一个铁的物证
它也决不肯
朝夕与共
继续去
拥抱
那
个
甚至
连血迹
都未揩的仇人

以牙还牙
——也有感于兽牙项链

又是牙让牙
脱离它那
本来的
位置
还
是
牙和
牙排列
重新组合
又重新编队
与其说它
是兽牙
项链
还
不
如说
是以牙
还牙的圈套

雪　人

你守着雪地
比稻草人
还寂寞
而且
更
加
心冷
甚至于
承受不了
一点儿温暖
看来不管
你是草
是雪
是
木
所有
悲哀呀
统统都是
做人的悲哀

挂 饰

话到舌间留下
那半句许诺
下咽之时
噎成了
一个
喉
结
如果
女人的
胸前需要
有一枚挂饰
制造该模仿它
它不仅是那
男人特征
也是爱
情的
完
整
突显
尤其你
托在手中
就是有了把握

后记：俗谚有云"话到舌间留半句"。

风的造型

因为威力无穷
又无处不在
风不甘心
于无形
之中
于
是
便要
显现它
最美妙的
那一次翻卷
而且以不锈钢
定格在广场
这一次它
出风头
结果
让
它
止步在
所有脚的面前

书空之笔

莲藕越看越像
深陷的竹子
演变而来
而才露
尖尖
角
的
小荷
想必是
这位有节
之士书写时
所用的那支笔
但不知道他
会不会把
那句出
淤泥
而
不
染也
写成咄咄怪事

后记：古代有人发泄郁闷，以笔向空中不断书写
"咄咄怪事"。

包心菜

根本没心事
却一层层
裹抱得
那么
严
密
藏得
那么深
让那来去
过往的路人
看她总是
在含苞
但是
却
错
过了
所有的花期

莲　藕

荷花之所以
笑起来时
特别地
开心
那
是
因为
淤泥里
始终都在
深埋的莲藕
是世界上
唯一在
黑暗
之
中
能够
消化掉
郁闷的肠胃

泥 塑

泥土看到泥土
它养育的人
越来越不
像人了
泥土
这
才
想到
它也要
挺身而出
显示人应该
有的那种形象
而且态度又
十分决绝
既然那
心肝
越
来
越坏
那就宁肯没有

刺猬

前世莫非是
那被乱箭
穿身的
勇士
今
生
把它
反穿成
一副刺甲
出入于草莽
并不想再
当英雄
只是
想
让
贪婪
吞食者
都难以下口

迎春爆竹

从地面跳起
迎春爆竹
它努力
提高
人
的
视野
之后又
不惜粉身
碎骨去昭示
无论轰动
多么大
最终
不
过
就是
那一把
扫帚的收获

葫芦的秘密

是谁把秘密
从地底下
挑出来
吊在
空
中
它所
引发的
一些猜想
一直没有断
以致后来
因为有
水的
参
与
更加
麻烦了
那是按下
葫芦起来瓢

后记：俗谚有云"葫芦里装的什么药""按下葫
芦起来瓢"。

水泡的破灭

周围都是压力
用薄得不能
再薄的皮
去提升
那点
底
气
出头
之时啊
不留余力
去抒发唯一
也是最后一次
至于说到了
谁的理想
像水泡
那么
微
小
破灭
何必为它惋惜

江南雨巷

那巷子连巷子
屋檐的雨丝
便拼接成
珠帘了
连她
李
清
照也
卷不起
它垂掩过
秦汉和唐宋
一直到了民国
才在那明朝
买杏花时
出现过
一次
疏
漏
居然
让望舒
发现一个
丁香愁的姑娘

为《枫桥夜泊》书帖题诗

提起那寒山寺
夜半的钟声
其实它是
时间的
暗器
曾
在
枫桥
夜泊的
那条船上
刺杀过一个
有名气的过客
历朝历代的
那些书帖
都传抄
张继
拟
的
檄文
而凶手
不知何时
才能捉拿归案

春闺梦骨

那修炼在人体
深处的白骨
也算成仙
得道了
任凭
皮
开
肉绽
它总是
不动声色
即便是如此
它的凡心也没
剔除干净啊
不用说那
磷火是
旧情
不
灭
无定
河边的
那一根哪
居然悄悄地
潜入深闺梦里

后记：古诗有云"可怜无定河边骨，犹是春闺梦里人"。

老泪纵横

老泪流淌起来
之所以纵横
那可能和
纹路的
走向
有
关
纵的
如果是
表示顺利
那么横的呢
就该是挫折了
可事到如今
都不值得
一提了
大事
小
事
而今
都已被
皱纹一网打尽

死灰复燃

如果有可能
那最希望
燃起的
该是
骨
灰
哪怕
是成为
一盏鬼火
但不知天堂
地狱前世
或来世
它能
不
能
为他
自己去
照亮一条
行进的道路

破涕为笑

也许刚要走完
伤心历程的
一滴泪水
不料却
被那
破
唇
而出
那一声
意外之笑
震落下来了
这突然的转折
葬送了泪滴
它的一生
破碎时
它都
不
清
楚它
该代表
她的哪种心情

破镜重圆

比妆镜的印象
显得完全的
那是湖面
从倒影
看情
看
形
看景
不就是
古往今来
情人的愿望
即使偶尔飞来
一粒小卵石
波动也是
暂时的
不在
这
里
谁能
看到破镜重圆

一帘幽梦

是月色迷离
薄雾不去
是花香
暗送
虫
声
断续
是惹人
飞絮轻沾
是萤火明灭
是柳帘外
有步履
近了
又
远
没梦
也可以
不能没有
那一声叹息

七星的投影

那座武夷山上
想必真的有
一条离天
很近的
云路
不
然
朱熹
先生的
额角之上
怎么能出现
北斗星的投影
这才能说是
天公所赐
而且还
授之
以
勺
为了
那源头
能够舀取
天河里的活水

后记：据说朱熹有七星之痣，而他也曾有诗句
"问渠那得清如许，为有源头活水来"；武夷
山有先生的遗迹，那里还有一处景点：云路。

杞人的远见

也许年久失修
补过的天空
在雷公的
排查下
闪现
旧
的
裂痕
看起来
杞人忧天
又何尝不是
他们的远见呢
何况世界上
那地对空
海对空
空对
空
的
导弹
又在频频发射

镜泊湖

想必它是从
那月亮上
剥离的
一面
镜
子
一直
在空中
四处流浪
后来之所以
泊在这里
是因为
分工
天
池
它是
仙女的
而你只为
那民女梳妆

天鹅湖

水上它会有
那水上天
水底也
会有
那
水
下天
天鹅啊
能飞上天
也能潜入天
这是天鹅
它得天
独厚
之
时
天天
和天在一起

瀑布的战表

那是谁在把水
从两岸之间
挑了起来
让瀑布
作为
战
表
直接
悬挂在
天公面前
看看时间它
还能拿出什么
隐秘的兵器
即便有那
一道道
闪电
它
又
怎能
杀死这
抽刀不断之流

泰山石刻

那些额上烙着
金印的石头
不知它们
是哪个
时代
张
榜
通缉
捉拿的
一些要犯
倘若有一天
它们越狱下山
像滑坡那样
堰塞黄河
说不定
还会
建
立
一个
由石头
做主人的王朝

荆轲山上荆轲塔

一座荆轲塔
是从易水
拔出的
匕首
直
逼
上苍
倘若那
地宫里的
秦皇还能够
发号施令
此山和
此塔
必
将
遭受
兵马俑
重重的围困

悬空寺与悬棺

寺庙它也悬空
莫非是为了
超度那些
悬棺的
亡灵
他
们
得到
解脱后
天地之间
也该有一些
悬宫悬殿悬亭
想必所谓的
束之高阁
那可能
就是
专
门
为他们
收集存储
最神秘的档案

海底古陶

大浪淘尽了
那千古的
英雄后
从事
打
捞
的人
在海底
托起古陶
它让围观者
感到错愕
恍惚是
头颅
沉
冤
已久
又蓦然回首

养在墓里的明月

醉了追到江底
才揽入怀中
明月现在
想必它
还在
李
白
墓里
倘若能
如此陪伴
那倒是一件
很清净的事啊
能和爱恋者
长相厮守
又避免
操劳
人
间
团圆
更不必
因为飞船
去探查而烦恼

茶　花

能够和花相提
并论的叶子
只有茶了
不知是
哪位
让
它
们俩
美妙地
结合起来
甚至还要和
百花争奇斗艳
你的出现啊
让那比雪
逊色的
寒梅
再
和
你比
那处境
将会更加尴尬

走在鼓浪屿

谁谁谁一个谁
接着一个谁
谁去谁来
谁来谁
去的
谁
又
能去
注意谁
而我还是
走进谁和谁
不管是自己走
还是跟谁走
或者看谁
和谁谁
在走
谁
也
不知
谁也不觉
走成了一个
谁和谁的过客

鼓浪屿钢琴博物馆

一步步踏着博物馆台阶
仿佛是按不下的琴键
让你产生某种预感
钢琴肃穆的排列
像王妃的陵寝
让尘埃远避
也让我的
举动很
小心
谨
慎
但是
还是啊
恍惚碰出
惊心的轰响
动魄而又摄魂
那旋律回荡不已
而余音又无梁可绕
乃至于我离去的脚步
比错乱的音符还要忧伤

礁　盘

浪潮息鼓时
那些礁盘
错落而
有致
犹
如
盆景
像是被
捏造雕塑
而水平如镜
让人想到
那可能
是那
天
光
从扬州
苏杭二州
折射的幻影

旁观钓者

那人正在扯着
看不清楚的
一条细线
和大海
拉力
一
直
持续
到黄昏
这才感到
他力不从心
便悄然离去了
君子坦荡荡
说的可能
就是那
海呀
分
手
送他
一个篓
大概是和
增加体力有关

戏　水

水可不是那么好戏的
还没等你动手动脚
浪就一拥而上了
从身后搂来的
不是从胸前
贴过来的
从胯间
钻过
来
的
不是
在背上
滑下去的
拍你肩头的
不是扯过手的
尤其你不能认定
拉下水和推上岸的
能不能就是同一个浪

翘尾巴的大海

翘起龙卷风
这条尾巴
便证明
深沉
也
有
它的
轻浮时
如此一举
反倒让大海
平静下来
开始去
考量
该
用
多少
宽阔呀
才能堆砌
那天的高远

射中今天

仿佛是谁把人
从床上抓起
在射杀了
无数的
日子
之
后
这我
仍然是
路举着的
一个箭头啊
搭在绷紧了的
那地平线上
太阳那个
移动的
靶子
就
是
今天
要瞄准的目标

所谓脸皮

有人有了它就有头有脸了
有人有它还说没脸见人
有时它存在还说丢脸
有时它已经撕破了
还想要找回面子
有的只有苦脸
却笑脸相迎
有的脸窄
一阔它
就变
有
的
其实
他的脸
不缺不少
还要求赏脸
有人不肯接受
反倒被人斥责了
给你脸你还不要脸
谁知那用在脸上的皮
该用什么原料才能合成啊

灵活的陷阱

生活又何尝
不是狩猎
这人间
处处
都
是
围场
最不易
分辨识别
待脱逃之后
再回头看
那背后
嘴巴
原
来
就是
一个个
灵活的陷阱

皈依往事

既然万事皆空
还到哪里去
寻求皈依
而今只
能是
仅
仅
是啊
仅仅是
那些记忆
是一道佛门
以至于让他把
额头当木鱼
他每一次
轻轻地
敲击
之
时
频频
诵念的都是你

肥皂泡里的往事

那些往事它是
怎么进入那
肥皂泡的
轻轻地
一嘘
它
便
出现
人生的
梦幻色彩
不怀好意的
是镜头闪光的
那一只独眼
竟然把我
还和它
一起
永
远
框定在
破灭前的瞬间

立事牙

谁让牙把一生
所应该做的
都排列在
口腔里
或前
或
后
或左
或右或
真或假或
真和假混合
那么墓碑才是
最后一颗牙
从时间上
来推算
就不
难
以
看出
它是被
用来安排
你的身后之事

透析往事

应该去做一次
身外的循环
滤出那些
沉痛的
记忆
这
比
遗忘
更彻底
如此清除
倘若那体重
还是没有减轻
这就又一次
证明往事
不管它
多么
重
大
它也
没有什么分量

用人之道

天生我才据说必有用
大用小用你用他用
重用轻用一直到
再也不能用时
就不会有人
想到再来
用你了
而你
此
刻
也该
去回顾
那些用法
反而分不清
谁曾被谁用过
而没用时对自己
还会有用但你自己
用起自己来往往更狠

再奔流一次

这里离海太近
近得想和浪
一同返回
如果能
追上
夕
阳
就能
回到那
江的源头
那里它有水
最原始的向往
哪怕它大浪
把人一生
再一次
淘尽
我
也
情愿
和它一起
再去奔流一次

和雨插话

伞打开自己
那是要和
雨对话
它们
一
路
相随
说呀说
说个不停
等到间歇时
我才有了
插嘴的
机会
可
是
它们
却同时
收起了表情

把话说给谁

有些话不知道
应该说给谁
有些话啊
不是谁
都能
听
懂
懂了
也不是
谁都记住
记住也不是
谁就能给谁做
做了也不是
都能做好
好了也
不是
谁
都
能够
做到底
既然如此
还是让谁去
随随便便去吧

空壳的我

我就是套娃
我里套着
不知道
多少
个
我
每次
经历啊
都要拿出
里边一个我
去守一件
又一件
往事
掏
到
最后
才发现
我是个空壳

面对镜头

镜头伸过来时
好像要看透
一个人的
心中的
隐秘
缩
回
又像
要抽尽
所有心思
不料它最后
成像却很表面
平面而片面
不知人在
暗箱里
究竟
都
是
谁呀
躲在幕后窃取

指　纹

仿佛那指纹
是你前生
带来的
年轮
经
过
磨损
它已经
支离破碎
即便睡眠时
能够闪现
也不知
怎么
衔
接
梦想
兑现了
还不都是
隔世的往事

下　午

一个下午多长
有人从千里
之外打来
电话了
说在
周
围
也能
看到它
可是比我
还短的影子
却把那么长的
一个下午啊
都吃尽了
长成了
一个
比
那
下午
还不知
长多少的长夜

遐想老年斑

人所有的情感
都能够发泄
唯有爱恋
渗入到
体内
那
就
难以
排除了
即便你说
没放在心上
它也会在皮下
形成老年斑
说不定它
还能够
成为
来
世
你又
出生时的胎记

影子的钓饵

那影子就是
另外世界
抛来的
钓饵
钩
住
身体
谁能够
彻底摆脱
不管是白昼
或者夜晚
它从来
都不
放
松
直到
把你拖入
永恒的黑暗

以脊柱为杖

何不趁现在
还有一点
剩余的
精力
把
被
生活
压弯的
脊柱抻直
用它去顶替
那根拐杖
人生啊
尤其
余
生
最稳
最踏实
还是自己
来支撑自己

我有一只黑手

以后还怎么
相信自己
我也是
今夜
才
发
现的
我竟然
也有那么
一只黑手啊
是它拧动
那灯的
开关
把
我
整体
出卖给黑夜

经　历

一页橡皮走白的白纸
一片被鸟儿的翅膀
移动过来的天空
一个从墓穴里
出土的骨笛
一片蛙鼓
震颤的
水面
一
个
长吁
短叹后
废墟上面
遗弃的烟囱
一棵风领不走
叶落不归根的树
一扇被手敲过的门
一个他被她她过的他

眼　袋

眼睛最有远见的事
是在眼下设置了
那么一个眼袋
莫非它把它
所看到的
都——
储存
待
到
没啥
可看的
不妨以那
倒立的姿势
把它倾倒出来
用那些以往影像
来明亮暗淡的目光

再度告别

那告别的情形
逐渐忘记了
而今再度
告别的
那是
最
后
记忆
说出来
有点悲伤
甚至是悲壮
人还是应该有
一点点怜悯
在记忆的
消失前
还是
应
该
再享受
一次你的回想

坟前那棵小树

在母亲身边掩埋父亲后
我在坟旁无言地伫立
碑前那棵很小的树
我看它时像当年
父亲看我那样
从此以后啊
能够等我
回来的
只有
它
了
如此
想下去
恍惚觉得
墓里亮着灯
树也摇动起来
叶子在风里响着
我怎么也不会想到
这是我再也回不去的
不想回去又总在想的家

手指的团聚

突然摆脱
手套的
隔离
五
个
指头
好像是
久别重逢
这相聚
比那
相
握
更亲
竟忘了
谁长谁短

站在远方

不登高是不想
再看远方了
现在这个
立足点
就是
远
方
是在
远方啊
已看过的
那一个远方
多少远方死在
去那远方的
一条路上
而今不
会有
什
么
远方
即便还有
它也不再是远

转世水

奔波很久后
水才进到
杯子里
经过
一
个
类似
仪式后
转世成为
一个个肢体
后来它的
操控很
执着
隐
秘
人的
一生啊
难免重复
那水的历程

断脐之后

从脐带剪下
那天开始
人就是
断线
风
筝
升得
多么高
也是那种
无根的飘摇
绕过枝头
又绕过
烟囱
即
便
侥幸
都躲过
也难避免
最后的一栽

黑　纱

那颜色很深
很深的纱
似乎是
那个
世
界
伸进
人间的
一只黑手
趁机抓住了
一只胳膊
虽然它
暂时
被
你
挣开
但不是
永远的摆脱

梦笔生花

那火化的
大烟囱
才是
那
支
所谓
梦笔啊
是它最终
把人的
生花
梦
想
写上天空

通用眼镜

所谓的花环
以及花圈
不就是
死神
和
人
能够
通用的
一副眼镜
用它看阴阳
一目了然
但不知
能用
什
么
才能
描摹出
同时的视野

风　塑

也许是因为
撩动长发
才引起
风的
注
意
它们
从四周
围了过来
是裙带统一
风的方向
它们由
散漫
而
集
中了
又互相
配合塑造
女人的体态

"囚"字

这是一个人
把一个人
爱到心
里去
的
样
子啊
也是他
赖在心里
不走的情形
应该把囚
打印在
小说
围
城
的扉页
作为一个
收藏的图章

吸烟的女人

最后一支也被
支在腮边的
那个手指
提取了
点燃
之
后
看它
一点点
成为灰烬
烟缸里插满
被掐死的念头
而那个男人
手被紧紧
攥那么
一下
像
空
了的
烟盒啊
被她关到
门外的冷风里

心 底

如果说它宽
有时它却
只能够
容纳
一
人
立足
如果说
它很窄吧
它又能超越
所有国界
但要从
遗忘
角
度
去看
心是否
真的有底
就值得怀疑

骨子里的爱

爱进入心底
不是目的
更深的
想法
那
是
爱在
骨子里
那样爱情
就不怕腐烂
而且还能
以磷火
方式
潜
出
墓穴
在暗夜里
又互相寻觅

打水漂的信物

人生的不遂
都在水下
而那个
玛瑙
信
物
后来
竟成了
打水漂的
一枚石片了
它以它的
连串的
轻跳
给
他
回想
搭一个
水花的浮桥

在牙关之前

舌头的状态
好像经过
那九曲
回肠
又
闯
过那
狭窄的
咽喉要道
在门牙面前
它唯一的
愿望是
趁他
亲
吻
之机
出关去
和另一个
亲密的接触

为银婚题照
——给老妻

也许热恋时
那缕掠过
苇梢的
风啊
一
直
都在
鬓角上
拂动不已
它竟把青丝
吹成白发
相视也
不妨
一
笑
人间
它居然
还有这种
并蒂的芦花

第三辑

白话绝句

时间的深加工

滴漏之后
时间都
堆在
钟
表
外等
待深加
工让人生
去品尝
那分
分
秒
秒的滋味

陆海对抗

是不是大
陆有兵
马俑
在
地
下布
阵那包
围的波涛
才始终
不能
够
越
过海岸线

天海对弈

莫非天公
和龙王
对弈
摆
下
那些
岛屿输
急的时候
便以海
啸的
威
力
搁了棋盘

海平线

洋流如此
循环怎
甘心
受
海
平线
束缚昵
但潮汐的
挣脱直
到岸
边
也
没有成功

水龙卷

那些百川
被海所
纳便
失
去
了本
来面目
居然还要
争取脱
离其
结
果
可想而知

所谓天书

如果有天
书也是
用星
星
排
版的
夜空世
界所有的
阅览室
都在
它
的
笼罩之下

高处不胜寒

既然高处
不胜寒
银河
也
会
封冻
两岸的
星星也该
是各路
神仙
们
欣
赏的冰灯

夜有多深

自古鸡鸣
以声测
都没
有
结
果看
来只能
等待大数
据算出
灯和
星
之
间的距离

路 灯

灯遇上路
也不能
止步
不
管
哪个
方向谁
跟踪都会
发现它
们能
一
直
走到天亮

环路上的灯

环路上的
灯用光
接力
周
而
复始
循序而
不渐进有
白日梦
它也
不
会
离经叛道

远去的路灯

那水底的
星星是
否能
够
爬
上岸
成为远
去的路灯
也不知
何时
才
能
重返天空

所谓口碑

如果还让
口立碑
它能
竖
的
也只
有舌尖
不知该为
美食呢
还是
那
些
不食之言

恶语伤人

喉咙何尝
不是单
行线
话
到
舌间
不能倒
退如果恶
语伤人
那不
也
是
一次车祸

爬格子的人

梯子被撂
倒也不
放弃
责
任
那排
列的稿
纸成就了
古今中
外多
少
爬
格子的人

逗号的长跑

一个逗号
在故事
里长
跑
喜
怒哀
乐脚步
都不停止
最怕的
是终
点
被
突然省略

时针的鞭子

伪皇宫的
钟表时
针停
在
投
降的
那一刻
这没有落
下的鞭
子它
还
在
鞭策什么

停电的灯头

爱被拉闸
你就成
一个
没
有
电的
灯头了
不孤独在
黑暗里
便尴
尬
在
烛光之前

走穴的鸟儿

笼子的帷
幕拉开
时那
鸟
儿
便唱
了起来
却不知一
路秀下
去那
是
在
为谁走穴

穿堂风

没有任何
经历的
风连
静
止
时的
空气也
看不起为
了寻找
情节
它
才
穿堂而过

钥匙和锁

钥匙和锁
搭配在
一起
之
所
以和
谐它有
内部原因
哪怕分
离多
久
也
不会改变

笔　架

笔架也是
门槛迈
出是
仕
途
收回
是隐居
进可攻退
可守谁
还说
文
人
不懂兵法

仙人掌

有风是你
煽动的
没有
也
是
你拍
晕的对
空气都能
发出指
令不
能
不
是仙人掌

相机的快门

快门不仅
快到和
岁月
争
嘴
那抢
来的容
颜经过暗
箱操作
比那
冰
箱
还要保鲜

木 鱼

想飞黄腾
达跳龙
门却
误
入
空门
虽然此
生有幸避
免了刀
俎却
没
有
躲过敲打

螺丝钉

钉子中没
有比带
螺丝
更
决
绝的
只剩下
一只脚尖
也把一
生的
道
路
缠在身上

摇　椅

也不是江
山何必
稳坐
让
周
围的
一切都
随着摇晃
谁都能
够体
会
以
我为中心

螺　号

旋转的涡
流凝聚
成螺
号
它
所呼
唤的波
涛如果能
够上岸
便可
淹
没
世界屋脊

挂　钩

以钉子的
信守承
诺为
基
础
怎能
没有牵
挂呢被遗
忘也没
忘记
自
己
是个问号

炭

没成死灰
炭是木
头涅
槃
的
正果
出入于
炉膛之中
方能看
出化
铁
炼
钢的功夫

痒痒挠的如意梦

摇身一变
痒痒挠
即成
如
意
不仅
提高了
身价而且
还摆脱
隔靴
搔
痒
时的困境

表的手腕

可以让最

不可预

知的

命

运

来比

较吧也

只能是表

才有那

能掌

控

人

生的手腕

破　镜

所谓舍命
陪君子
也包
括
镜
子破
碎时的
每一片都
忍痛呈
现你
那
完
整的形象

鸳鸯眼的波斯猫

猫也有不
叫春的
因为
两
眼
色彩
不同便
孤芳自赏
自己和
自己
也
能
眉目传情

空气传家

如果还说
平等也
只有
空
气
谁和
谁都能
互相呼吸
用过了
还能
够
传
给下一代

飞回的脚印

回家的感
觉真好
闲庭
信
步
看头
上的一
行大雁也
像游子
从他
乡
飞
回的足迹

立足之地

脚印到处
盖章也
没有
立
足
之地
人在楼
上不如墙
头草它
们毕
竟
还
可以扎根

乡愁的井绳

乡愁也未
尝不是
井绳
思
念
时哪
个人的
心不是那
十五只
水桶
打
水
七上八下

白发的统一

斗吧不论
黄种人
黑种
人
白
种人
斗到最
后也只有
那白发
能够
统
一
这个世界

情 隐

古往今来
也不乏
以身
试
隐
之人
大隐中
隐小隐其
实隐中
最难
的
恐
怕是情隐

对　眼

如果不能
正视何
不左
眼
看
右眼
右眼看
左眼人生
遗憾的
是有
眼
看
不清自己

连体的影子

最不自由
是那连
体的
影
子
永远
处于被
动的地位
出生证
是它
一
生
的卖身契

同床异梦

一张床是
俩人的
工作
台
错
也就
错在那
登记处没
有发放
做梦
时
共
同的图纸

木梳情意

看眼前弯
着腰的
木梳
齿
间
衔着
一根白
发不忍遗
弃又不
知道
应
该
怎么归还

走　神

如果发现
身边的
人走
神
了
请不
要打扰
也许是灵
魂正被
借用
去
做
一个美梦

水火无情

虽然被隔
绝那种
热烈
也
能
引起
沸腾连
熄灭都不
回避谁
还能
够
说
水火无情

身外之物

所谓身外
之物那
是以
衬
衣
为内
膜的外
部世界只
要是活
着谁
能
够
金蝉脱壳

第四辑

删繁就简

人的脱离

人在万物中脱离出来
就是要探索
世界上

除了生存之外
还会有
哪些内容

黑眼睛的世界

是那黑色瞳孔
共同的努力
才吸尽了夜色

给光明

腾出了
一天
能铺展的时间

人的翅膀

双手
那是人的翅膀
它飞翔的时空

什么
鸟儿的羽翼
都不能施展

人民英雄纪念碑

站起来
再也不会倒下
那是民族的脊柱

时间

也以其为轴
才能够
成为历史的中心

界碑项链

祖国
把珠宝
都留给儿女了
为了要保持
母仪天下的威严
她佩戴的项链
是用
边防线
串成的界碑

书画皇帝

那宋徽宗的山河
并没有破碎
还在书画里

它在世界的疆域

比成吉思汗
还要久
还要远

开　封

黄河把历代皇城
都储存在地下
即便开封吧

也不过
是那
空中楼阁的基础

海南五指山

如果不是太阳
及时赶到
面对

伸手不见五指的黑夜

它就会
攥成
反击的重拳

树举上去的椰子

即便是长颈鹿
也只能
望而止渴

当琼浆玉液

举上蟠桃会
听天堂异口同声
都喊一声"耶"

阅读天都峰

那一页一页石阶
说明时间
也著作等身

如果不是
来倒背天书
怎能如此艰难

倒淌河

百川被纳后
水也有不入流的
海口也只好
默许了
因为内陆
还有
那些嗷嗷
待哺的物种

有山名曰七百弄

以峰峦叠嶂组合的里弄
那才是
山城

如果展开巷战

即便
天兵天将
也难以取胜

灵魂的栈道

从武夷山到三峡
悬棺早就搭建了
一条栈道

也许灵魂上天堂
早已经
使用北斗导航了

坚持的海拔

所有的攀登者
都不应该夸耀
你那没根儿的海拔

和大山相比
连树都不知道自己
能坚持多久

内陆的黄河

黄河被游子引流
便在体内循环

如果还泛滥

那湿了的
不是衣襟就是枕巾

喉咙的传声筒

全国各地的方言
它们之所以
那么悠久
都是
因为有
喉咙的传声筒
一代一代
接过来
又继续下去

还乡的蒲公英

那纷纷扬扬的雪花
是不是蒲公英
返回故乡

要抢

就抢在争芳斗艳之前
不然就难以
有它扎根的地方

风的成长

春风浪漫的时刻
是在那万紫千红里
走马观花

它的成熟也在秋天

所到之处
都能
删繁就简

鸟巢也是钉子户

那故乡的鸟巢
没有一个
不是钉子户

只有蟋蟀

为它鸣不平
连根拔了
也没有拆迁费

井

用井字在大地盖戳
如果也
为了占有

而不是滋养

那古今的乡愁
也就
没了诗眼

空中游子

登上秋千
便是空中游子
悠过去是天涯

荡回来是海角
虽然和故土
一步之遥

弹指一挥间

和岁月较量
不用南拳北腿
只需要

弹指一挥间

旧的就全线崩溃
新登台的
也不堪一击

人海漂流瓶

在人海里沉浮的
那每一个
个体

也是漂流瓶

不知封闭什么
也不知道谁
何时何地能开启

路和九曲回肠

口也是〇公里啊
那九曲回肠
都和路相通

旅途也就是消化

而墓穴
那是人生
出恭的地方

接　吻

最余味无穷的
是舌尖上的爱
那是人类

最原始的小吃

在还
没有餐具之前
便口口相传

思路的长短

思路长的时候
哪条路都不能相比
而它短起来

一起一落
都在
一个人的身上

完美的缺陷

那条长椅和树
本来是
完美的结合

却因为

一个人的独坐
让它
出现了缺陷

背影的下落

那离去的背影
都在眼角
落下的泪滴里

除了风
谁能
知道它的下落

梦　游

是什么支配双腿
还没醒过来
就走出家门

那是不是
是去寻找梦里
分手的那一个

苏武牧羊

那牧羊的苏武
手持汉节
表明塞北也能有竹

但要长在
那能够
移动的国土上

木石前盟

今生的石头
只睡不醒
即便和它

有过前盟吧
那也不过
是南柯一梦

二泉映月

为了映月
阿炳把双眼
给了二泉

任凭它了
是圆
还是缺

活体印刷

那古都的中轴
是线装的书脊
一部历史

之所以厚重

是因为一代又一代
在活体印刷时
都用自己的身子

书香门第

那该以笔架为门槛
墨里也有梅香
苦读时不凿壁

也要囊萤

而今邻居如果发现
头悬梁锥刺股
谁都会报警

马踏飞燕

那是天马行空
踏下来的
一只飞燕

因为历史的挽留
才耽误了
神圣的行程

一行白鹭上青天

大地掩埋了一切
只有一句
唐诗

飞出来
那是
一行白鹭上青天

投石问路

不管谁的投问
石头都知底
之所以

没有回应

因为谁一生的跋涉
还不都是
打一次水漂

空口无凭

如果爱已归零
谁对谁
都不是提款机了

空口无凭
让舌尖
还怎么刷卡

中庸之道

那床前的鞋子
一只坚持左
一只不忘右

是双脚

清醒时
才把它们
统一在路上

能屈能伸

蜷着
是在子宫里的状态
所以大丈夫

能屈能伸
那是人之初
就练就的功夫

卵　石

时间没学会胎生
产下的
还是卵石

谁能目睹
孵化后
那岁月的雏形

台　历

日子都是排着队来的
能有故事
就算不错了

那空白的遗恨

是
再也没有
登台的机会

雅安鱼

那头藏利剑的雅安鱼
想必是
水族中的荆轲

虽然前赴后继
也都
难以避免刀俎

山水盆景

在山穷水尽时
留下一片
让它

绝处逢生
只要是祖国的
就价值连城

草 皮

因为大地更应该有皮
草才连成一片
而且

宁愿忍受践踏

也不能
让万物的母亲
体无完肤

墨 蛙

那苏轼洗笔池的墨蛙
想必是
错失良机的文字

不知是否有幸
成为
水底的天书

连衣裙

因为还守着
那纽扣的规则
下摆虽然也能

飘动

但却
难以实现
飞天的梦想

被撂荒的腹地

只顾吃了
嘴挡住了
鼻尖向下的耕耘

因此

才撂荒了
那比脸面
还大的腹地

陀螺的教训

那是螺丝钉
接受了
陀螺的教训吧

在鞭策之下

也只有坚守
才能避免
成为一个玩物

顶　针

顶针虽然不能
和戒指相比
但它

纳成的鞋底
却是大丈夫
顶天立地的基础

啄木鸟

树不能前来就诊
啄木鸟又不是
坐堂先生

而且
还会以飞行的速度
为林除害

藏 獒

世界屋脊下
也不能
不看家护院

有了藏獒把门
那天狗
也退避三舍

易拉罐

已经扯得不像嘴了
也会说明
这是个

欲望
都不能
阻挡的世界

鞋拔子

提拔是为了
让你脚踏实地

遗憾的是

谁给小鞋穿时
都爱莫能助

山　嘴

一步也不走
说山脚有什么根据
而山嘴

虽然看不到口形
但毕竟
都听过回声

云头履

莫非是摸石头过河时
穿上了云影

如果两脚生风

谁都能
平步青云

呼啦圈

谁还有
以我为中心的梦想
那就套上

呼啦圈吧
自己忽悠自己
还有人捧场

锈

宁可在磨刀石上
被粉碎
也要舍身

裹刃
为了能
拖延杀戮

尺 蠖

生来就是
小虫的尺蠖
也能屈能伸

因为没有脊梁
也就成不了
大丈夫

蜂　鸟

天再高不也是空吗
有翅膀还不如
做一只

蜂鸟

在花朵里
还能够汲取
那飞之外的滋味

水浮莲

看起来
只要根子离开泥土
哪怕

是出淤泥而不染

也难免
有水浮莲
那随波逐流之辈

豆 芽

一生
也没有
立足之地

只能恨自己
不能根除
那内在的欲望

凤尾竹

居然还有
能摆脱龙首的凤尾
而且又情愿

和竹配合
让那有节的君子
也美满出一个样子

木棉花

还是从根上找原因吧
受那些
争奇斗艳的

诱惑
才改变了暖
那棉花的本性

花　篮

一旦有了花儿
就可以显摆
而凋谢之后

还是那一只
打水就是
一场空的竹篮子

流星雨

自古以来
传说有天马行空
这一次总算有幸

看见了
它溅起的
一场流星雨

日环食

所有的戒指
都不能
和日环食相比

向月亮求婚
谁知道
是哪一个星体

夜的潜伏

也是为了平分天下
夜才把自己的
阴影

分散
在白天的背后
继续潜伏

影子不会改变

影子和影子接触
或者掺和
甚至于践踏

脱离后
都会比人格
还要完整

影子的人质

被影子
抓住不放
那不也是在
绑架人质
逼迫
那得意的白天
用光明交换

另一个世界的订单

全天下的车流人浪
让那生产线
高速运转

不知是什么

才有这么大的动力
为了完成
另一个世界的订单

历史的裁决

万里江山的案卷
堆满古老的大地

那八纵八横的高铁

便是一次
历史的裁决

进化的特征

人类的进化
越来越省力了
从拍案叫绝

到点赞

从拉弓到按钮
连杀人
都那么轻松

无人机飞到荷塘

池塘上飞来了
微型的无人机
便改写了

那只蜻蜓
在尖尖角的小荷上
抓住的主题

人脸识别

尽管人脸识别
没有误差
而皱纹

那人生的路线图
还是不知
该怎么追查

未来的案例

当人脑成为手机
那黑客便可以
盗卖创新的信息

各种灵感的专利

都能够窃取
甚至于律师法官
也自身难保

想象的处境

而今千里眼顺风耳
都落后了
让想象它还怎么活

是自己变异呢

还是嫁接
那不又侵犯了
树木的专利

《伤仲永》的连续剧

那仲永被伤也不过
是在邻里夸耀
而今电视

把小明星推向世界
又该捧杀了
多少神童

拆　迁

所有的拆迁
都是对社会的解构
尘埃泛起

那是多少代的灵魂

落定之后
也难以清除
心上的废墟

城市巨鲸

那鱼贯而入的人群
都被城市
这头巨鲸吞食了

那环路的

皮尺
不知哪一条
能丈量它的腰围

偏得的阳光

所谓普照
也不是
没有单线的联系

利用楼窗的折射

居然也光临
让满脸皱纹
也秋菊一次

手脚的指甲

想必那是前世
丢盔卸甲时
遗留的残片

今生赤膊上阵
能够武装的
也只有手和脚了

花拳绣腿

含苞不就是
花瓣儿
攥成的拳吗

如果枝干

再成为绣腿
看岁月
还怎么招架

宣纸上的舞姿

那书法家的笔腕
在宣纸的舞姿
何等美妙

遗憾的是
人们所欣赏的
不过是留下的足迹

针脚的路线图

没有针脚的路线图
也不能成为
时髦的外衣

幕后获利的
并不需要
那么招摇过市

花篮的提梁

那雨后彩虹
是花篮的提梁吧
不知何时

趁人不注意
把万紫千红
一下子都拎走了

葵在插花之中

作为插花的向日葵
也入乡随俗
不再追随太阳

看来最执着的渴望
如果没根儿
也不持久

善

羊在插着刀的
砧板之上
有口

也难辩
何况还有
那不卷刃的舌尖

背的运气

背井离乡
背包袱
背黑锅
背对背的揭发
背在背后
背的点儿
怎么那么背

始于足下

始于足下
也不一而足
有不足有富足有失足
还有足不出户
便足以
知足者常乐

文字的鸳鸯谱

文字在词典里
也希望美满
都因为笔

乱点鸳鸯谱

让一张白纸
在世人的面前
失去尊严

笔的脱口秀

那纸张台面上的人物
只能是笔
它的脱口秀

不哄堂大笑

却拍案叫绝
虽然不知道是谁
在何时何地

后　记

大道至简

任林举

　　沉默十年，也潜心创作十年的著名诗人曲有源，突然在堆积如山的诗稿中抬起头来，说了一句"删繁就简"。这样一句可深可浅、可真可假的短语，从别人口中说出，随便一听也就罢了，大可不必认真。但曲有源是一个较真的人，什么话一旦从他口里说出，必有应验，让人不敢不认真思量。

　　于是，我想到了诗，想到了人的生命和生活。曲有源最新诗集《删繁就简》里有一首诗《风的成长》，是这样写的：

　　　春风浪漫的时刻
　　　是在那万紫千红里
　　　走马观花

它的成熟也在秋天

所到之处
都能
删繁就简

　　很显然，这里的删繁就简已经跳出了词义的本身，进入到对艺术、生命和生活层面的哲学思考。这正是删繁就简应有的外延。

　　生命最原初的渴望，毫无疑问要直指旺盛与繁荣。

　　比如一棵树，从最早的一粒种子，到两片嫩叶，到三五枝丫，最后一定要努力实现枝繁叶茂和高可参天；比如一个人，从生下来就开始往自己的身上附加各种各样的东西，长身体，长知识，长智慧，长力气，长身份，长地位，长财富……从儿童成长为青年，从一个人变成一个家庭，开疆拓土，奋斗拼搏，生儿育女，最后的目标大致也不过是豪宅名车、锦衣玉食、冠冕堂皇、富贵荣华。总体上说，本质是一样的，就是一个由少及多、由轻及重、由简及繁的过程。一般情况下，人们会认为这就是生命的全部意义和一个完整的过程。

其实不然，这只是半个过程，人们总是有意无意地忽略掉事物发展的后半程，因为人们最不愿意看到的是衰败和消亡，特别是生命自身的衰败和消亡。美好的容颜、强壮的肌肉、光滑的皮肤，如云的长发……生机、活力、身体、生命，等等，一一删减，最后甚至连一具白骨都不复存在，只是一粒尘埃。但只有到此处、此境，一个生命进程才真正得以完成，从原点又回到了原点，从无归于无。

就文学而言，它所关注的从来就不应该局限于人们愿意看到的半个进程，更不应该仅仅关注从无到无，从"空"到"空"之间的那一段繁盛和繁荣。有时，正是那个从繁盛到消亡，从高峰到低谷的渐变才暗示了生命的本意和必然结局，也才具有非同凡响的意义和启示。如果，对这个渐进、渐变的过程来一个总体概括，当然也可以用四个字来表述——删繁就简。

然而，让删繁就简这个短语真正从口头落到生活、生命和艺术行为，却需要超常的勇气。为了触及事物的本质和真相，不论对生命、生活还是对艺术本身，可能都需要凭借刀斧之功，忍痛进行一番砍砍杀杀。仅仅是温柔的秋风扫落叶是远远不够的，真正的删繁就简就要砍掉

一切旁枝冗杈，撕去一切伪装和虚饰，必要时
要剥皮、断筋、剔骨。一斧子下去，很可能就
会裸露出生命和生活的狰狞，但真正的勇士会
毫不犹豫。

2000 年《曲有源白话诗选》获得第二届鲁
迅文学奖。这是一个特殊的时间节点。在此前
的几年里，曲有源已经成功地对自己的人生和
诗歌进行了调整，可以说，基本完成了第一个
阶段的删繁就简。由一个激情万丈、最活跃的
政治抒情诗人，成为一个不关注政治，只关注
生命体验和人生经验的白话诗人。每首诗的长
度，也从动辄上百行减少到了十几行甚至几行。
在此，仅举一例《话到舌尖》，也许有一些阅
历丰富的人曾读过曲有源政治抒情诗《并非恶
意的想象》《为了明天的回想》《我在墙前寻
找失踪的民主》等，对比之下，就能一眼看出
其间的变化有多大。脱胎换骨啊！

话到舌尖

挥手而去的离人
是被说出去的话
不知流落何方

莫非后悔失言
天和地紧抿成
一条地平线

想冲口而出
又有所顾忌
我是话到舌尖而被留下的
那半句

　　这种调整或删减，早已经不是数学和物理
概念上的缩减。这是更加复杂的文学取向、生
活方向、思维方式和诗歌题材、现实维度的调
整和收缩，也是诗人及其诗歌向生命自身回归
的第一阶段的探索和尝试。实践证明，这个尝
试是成功的，字数或"容量"小了，诗的境界
和深度反而更大了。

　　之后的数年时间，曲有源认定自己之前的白
话诗还不够凝练和精致。他把自己的诗歌创作同
古典诗歌里的绝句类比，认为还欠缺了固定的格
式和固定的字数。客观上，他在给自己的诗歌找
一双"小鞋"穿。应该说，在当时"现代诗"越
写越"水"，越写越稀，越写越没有章法和标准

的背景下，这种矫正无疑是有着积极意义的，但同时他也把自己推到了一个很危险的境地。搞不好，又会把已经飞出来的鸟儿装进笼子；把刚刚放出来的"天足"再缠上裹脚布。

其实，"五四"以来中国的新诗走了一条彻底和传统决裂的孤绝之路。初期的白话诗，根本谈不上什么大的成就，最主要的目的和成果可能就是完成了形式上的自由和解放。在这样一个基础上建立起来的新诗体系，肯定会谈古典而变色，只要你提出与经典有关的要素——韵脚、格律、整齐、绝句等概念，一概会遭到抵制，甚至群起而攻之。这时，曲有源勇敢地把自己的新诗命名为"绝句体白话诗"，与其说是一种向经典和传统的自觉回归，毋宁说是一种向时弊的挑战。

尽管这一时期的诗歌形式在一般意义上的大众层面接受度并不高，但在诗的内在质地、语言、意境等方面还是成熟的、精到的和不容置疑的。诗人自己也曾以各种渠道和各种方式表示，由于在这些诗歌中，自觉地继承了传统诗歌短小、规范、凝练的外部形式和起、承、转、合的构建机理，同时加载了高密度的东方智性和个体上的性灵以及艺术方法等要素，使诗在

与文学传统对接以及与本土文化融汇过程中，
重新获得了神秘的力量。诗人这一时期的诗歌，
形式感很强，以至于强得有点儿遮蔽或影响了
诗的传播。现以《空壳的我》和《经历》两首
为例，它们排列出来是这个样子的：

空壳的我

我就是套娃

我里套着

不知道

多少

个

我

每次

经历啊

都要拿出

里边一个我

去守一件

又一件

往事

掏

到

最后

才发现

我是个空壳

经　历

一页橡皮走白的白纸
一片被鸟儿的翅膀
移动过来的天空
一个从墓穴里
出土的骨笛
一片蛙鼓
震颤的
水面
一
个
长吁
短叹后
废墟上面
遗弃的烟囱
一棵风领不走
叶落不归根的树
一扇被手敲过的门
一个他被她她过的他

　　诗人自己曾明确地把这一个阶段的创作和
尝试定位为一种自觉的文字"修炼"。实际上，
近二十年间，曲有源的修炼还不仅仅限于诗艺

和文字本身。就其生命和生活来说，也经历了一个清晰的删繁就简过程。据说过去的那些得道高僧也是这样修炼的——从剪除自己的杂念和欲念开始，一步步，缩减自己的衣食；缩减自己的行动；把自己关进一个封闭的空间，茶饭不进，骨枯如柴，最后连呼吸都几乎减掉了，只剩下一颗"菩提心"。诚然，曲有源并没有减得那么彻底，但也差不太多了。他的生活已经简化得不能再简，深居简出，拒绝一切应酬和没有意义的活动。生活、日用少得不能再少。维持身体能量的食物,也被他自己精打细算,"克扣"得接近生命极限，每天摄入的食物刚刚够写三首短诗，三首诗写完就得马上关闭思维系统进入睡眠。每天的体重，则控制得和那些没有一字冗余的短诗一样，绝不多出一两。

今年以来，曲有源在完成了自己生命、生活的删繁就简的同时，突然把抽象的刀斧转向了已经简之又简的诗，进行了一次"去形式化"的改造，这是又一次的删繁就简。他用了几个月的时间将自己比较满意的诗一首首从原有的形式中解救出来，恢复了它们的自然断句和意象整合,使它们从一种禁锢的状态中挣脱出来，恢复了形式上的自由自在。

　　茧虽轻，却是蝶最后一件沉重的外套，哪一天住在里面的精灵感到了沉闷，毅然将其去掉，一只彩蝶就飞上了天空。我读曲有源最近的这批新诗，就一直有这样的感觉。虽然这批诗仍有"绝句体"的标注，但实际上已经将十几年精致的套子扔掉了。删除了某种形式的诗，虽然看起来更加瘦骨嶙峋，但血气仍足，精魂还在，仍然可以毫无障碍地把读者带入一个广阔而繁复的诗境。不妨，我们在这里读一读他近期的几首新作，体会一下，那些简约、凝练的诗行究竟为我们带来了什么。

枕边的白发

那枕边的白发
想必也是
因为提不起沉重的往事

才断在
昨夜的梦外

狂风吹来时

世界站不住也别管了

只想有
一个抓手

稳住这
跟了一辈子的影子

树一生的事

树的一生只做一件事
就是
把根扎下去

之上
之外
之后

只能是
听天由命

空　虚

所谓空虚
不就是不知道
到哪里又该用什么办法

去领回自己

碗

碗是看人来到
这个世界的独眼
对视一生

是为了等待
一个时机
把你扣进土里

弥天大谎

谎言大到弥天时
那就
笼罩世界了

无力戳穿
世界便成为
其中的一部分

仍然是以往的深邃和睿智，仍然随处可见
关于生命和命运的暗喻，仍然是那种不假委蛇
的警示……一个灵动、成熟而锋芒犹存的诗人
面庞又在我们的印象中清晰起来。当我又一次
看到这些短而精致、精致且宏阔的诗句时，禁

不住在内心里欢呼，一个久违的大诗人终于归来。转而一想，又觉得此说极其不妥。什么叫归来？这些年，曲有源并没有须臾离开过我们这个热闹而又有一点儿麻木、闭塞的诗坛，他一直都在场，一直都在为新诗的创作和突围，做着艰苦卓绝的探索。

2019年于长春

（任林举，吉林省作家协会副主席，曾获第六届鲁迅文学奖）